시조치는
목동

목동중학교 학생시조집

시조치는
목동

제1판 제1쇄 인쇄 2016년 12월 26일
제1판 제1쇄 발행 2017년 1월 2일

엮은이　　목동중학교 시조집 출판위원회
펴낸이　　강봉구

펴낸곳　　작은숲출판사
등록번호　제406-2013-000081호
주소　　　100-250 경기도 파주시 신촌로 21-30(신촌동)
서울사무소 100-250 서울시 중구 퇴계로32길 34
전화　　　070-4067-8560
팩스　　　0505-499-8560
홈페이지　http://www.작은숲.net
이메일　　littlef2010@daum.net
페이스북　http://www.facebook.com/littlef2010

ⓒ 목동중학교 시조집 출판위원회

ISBN 979-11-6035-9-8　　43810
값은 뒤표지에 있습니다.

목 동 중 학 교 학 생 시 조 집

시조치는
목동

목동중학교 시조집 출판위원회 엮음

작은숲

차례

1부 높디 높은 저 하늘은 푸르게 빛이 나고

3부 어디로 가야 할지, 어디가 정답일지

4부 햇살처럼 밝게

5부 사랑한다고 전하고파

아이들이 직접 쓰고 스스로 만든 시조집의 감동을 기대하며

1

우리 아이들이 시를 썼습니다. 우리 아이들이 살아 있기 때문입니다. 친구들과 장난하고 소리치고 뛰놀고, 누군가를 그리워하고 부러워하고, 자랑스러워하고 부끄러워하는 살아 있는 감정들이 우리의 전통 운율을 만나 시조가 되었습니다.

어떤 사람은 중학생의 작시 수준은 뻔한데 책으로 엮기까지 하느냐고 물을지 모르겠습니다. 우리의 자아가 세계를 경험하며 느낀 감흥을 글로 옮기면 시가 된다고 했습니다. 시는 어려운 기교보다도 삶의 경험에서 느낀 것을 솔직하게 드러내는 것이 우선이라고 생각합니다. 그 솔직함이

읽는 이의 삶의 경험과 어우러져 자신의 삶을 성찰하게 할 때, 그 시는 기교로 치장된 시를 넘어선 진실한 감동을 줄 수 있기 때문입니다.

시조는 우리나라의 시가를 대표하는 정형시입니다. 우리 조상들은 복잡다단한 삶의 감흥을 3장 45자 내외의 짧은 형식 속에 압축하여 노래해 왔습니다. 일견 이 형식적 제약은 무척 거추장스러워 보이기도 하지만 사실 모든 현대시가 내용에 맞는 나름대로의 형식을 갖추어야 한다는 것을 감안하면, 우리 조상들은 오히려 낱낱의 시가 갖추어야 할 형식에 대한 고민에서 벗어나 우리의 민족적 정서에 맞는 형식 속에서 다양한 내용을 제약 없이 표출했을 것입니다.

실제로 아이들은 의외로 쉽게 시조를 받아들이고 시조를 즐겁게 썼습니다. 시조는 운율이 있어 노래로 부르기도 쉽고 박자를 맞추어 릴레이로 읊기도 쉽습니다. 정해진 형식에 맞추어 자신의 삶의 경험을 다듬는 즐거움은 중학생에게 낯선 것일 수도 있겠지만 그래서 더욱 귀한 첫걸음이 될 것으로 믿습니다.

어느덧 2016년도 저물어갑니다.

올해도 목동중학교 천오백 명 학생들은 한 울타리 안에서 서로 웃고 뛰놀며 배우고 지냈습니다. 우리 학생들이 한 해 동안 얼마나 몸과 마음이 자랐을까요? 해 저물어 가는 겨울날 우리는 또 다른 열매를 맺어 보려 합니다.

지난 5월 고춘식 시조 시인을 모시고 시조 특강을 가진 이후 시조 쓰기 대회를 거치면서 학생들이 쓴 소중한 시조들이 사장되는 것이 아깝다고, 책으로 내 보자는 의견이 나왔습니다.

온전히 학생들이 학생 자치활동의 하나로 스스로 시조집 출판위원회를 구성하여 시조를 고르고, 주제를 나누고 책 제목을 정하고 표지와 그림을 그렸습니다. 출판위원들이 열정을 갖고 만남에 만남, 의논에 의논을 거듭하여 한 권의 책이 만들어졌습니다.

이 책이 중학교 학생들의 삶과 감정을 이해하고 공감하는 좋은 자료가 될 것으로 믿으며 이 책의 발간에 참여한 모든 학생들은 이미 정규 수업에서 얻을 수 없는 소중한 경험과 지혜를 얻었을 것이라고 생각합니다.

　책이 나올 때까지 열정을 갖고 노력한 목동중학교 출판위원회 학생들의 노고를 치하하고, 출판위원회를 지도해 주신 정진화 선생님, 작품 평을 써 주신 김경옥 선생님께 감사를 드립니다.

2016년 12월

남기황(목동중학교 교장)

내 삶을 응시하네
내 삶을 삶아보네

목동중학교가 시조를 만났습니다. 아니, 시조가 목동중학교를 만났습니다. 그렇군요. 목동중학교 친구들이 새롭게 시조를 만나 시조의 맛과 멋을 즐기는 것이기도 하겠지만, 시조의 입장에서 보면 시조가 목동중학교의 수많은 멋있는 친구들을 만났으니 시조도 아주 신이 날 것입니다.

우리나라 사람이면 시조를 모르는 사람은 없을 것입니다. 우리의 고유한 문학 형식이고, 향가, 속요, 경기체가, 창가 등과 같은 시와는 달리 오늘까지 수백년 간 끊임없이 그 전통을 이어온 생명력 있는 문학 장르로 세계가 주목을 하기도 합니다.

나는 지금도 지난 5월, 목동의 친구들이 시조 강의를 듣던 그 빛나는

눈빛을 잊을 수가 없습니다. 시조에 대한 설명을 듣는 자세도 진지했고, 한 수씩 쓰라고 하니 모두들 마음을 모아 써냈지요. 그 자리서 일일이 함께 읽고 고치기도 하면서 학생들의 놀라운 솜씨에 감탄을 많이 했습니다. 거의 시조를 처음 쓰는 친구들이었는데 멋들어진 '시조'를 써내는 것에 학생들 스스로도 많이 놀랐지요. 스스로에게 감동하는 학생들의 모습을 보는 것은 나에게 큰 기쁨이었습니다.

그렇습니다. 시조는 우리나라 사람이면, 우리 민족이면 누구나 쓸 수 있습니다. 우리말을 아는 사람이면 어느 나라 사람이든 상관없이 쓸 수 있는 것이 시조입니다.

때로는 우리네 삶 삶아야 한다지요
닦아내고 씻고 빨고 헹구는 것으로는
묵은 때 잔뜩 찌든 때 없앨 수가 없지요

나는 생활시조를 쓰는 것이야말로 우리의 삶을 삶아 내는 과정이라고 생각하곤 합니다. 1994년부터 몇 년 간 시조로 일기를 써 왔고, 지금까지 2만 수 넘게 시조를 쓰고 있는데 시조와 만난 후 나의 삶은 기분 좋은 긴장감과 탄력으로 윤기가 흐르고 있다는 것을 고백하지 않을 수 없습니다.

　물론 시조 작가가 되어도 좋겠지만, 굳이 작가가 되지 않아도 좋습니다. 그냥 시조를 즐기는 삶만으로도 충분히 가치가 있습니다. 살아가면서 나의 삶을 응시할 일이 생길 때 그것을 한두 수의 시조로 노래하다 보면, 다시 그 시조들이 나의 삶을 응시하기도 할 것입니다. 그러면서 나의 삶은 향기를 품게 되고 삶의 격도 갖추어지게 될 것입니다.

　나의 소망 중의 하나가 '온겨레 시조 100수 쓰기 운동'을 하는 것입니다. 대한민국의 국민이면 아니, 한겨레의 한 사람으로 태어났다면 평생 동안에 시조 100수 이상을 반드시 쓰자는 운동입니다. 만약에 100수를 못 채운 사람이 있다면 죽지도 못하게 하면 어떨까요? ㅎㅎ!

　남과 북이 함께 이 운동을 펼친다면 시조는 통일의 징검다리 역할까지 훌륭히 해낼 것입니다. 그리고 모두가 시인인 나라가 되고, 모두가 시인인 민족이 될 것입니다. 모두가 시인인 국민, 모두가 예술가인 민족! 이 얼마나 아름답고 자랑스럽고 가슴 두근거리는 일인가요. 그 시인들이 함

께 만들어 가는 사회는 얼마나 살맛이 나고 멋지고 풍요롭겠습니까?

　이번에 학생들의 시조 작품만으로 하나의 문집을 내는 것은 보기 드문 일이고, 만드는 과정에 학생들이 주체가 되어 참여했다는 것은 또 하나의 자랑거리가 될 것입니다. 1집에 이어 2집, 3집을 이어서 낸다면 목동중학교만의 새로운 문화와 전통을 만들어 가는 것이며, 그에 따라 목동중학교의 자부심도 함께 커갈 것이라 믿습니다.

　－ 고춘식(전 한성여자중학교 교장 / 전국교육희망네트워크 상임운영위원장)

1부

놀디 놀은

저 하늘은

푸르게 빛이 나꾜

여름의 선물

3학년 1반 박재연

뜨거운 태양 아래 내 마음 두근두근
손가락 사이사이 휘감는 파란 바람
처량함 가득 머금은 하늘마저 내게로

마음속 쌓인 걱정을 휩쓸고 가는 바다
평범한 일상 속의 특별한 여유로움
여름이 내게 선물한 이 자그만 짜릿함

여름날 열정

2학년 13반 **노은우**

높디높은 저 하늘은 푸르게 빛이 나고
냉탕 같은 시원함은 온데간데 없어졌네
여름은 온탕물 같은 더움으로 물들었다

밤낮으로 화안하게 빛나는 우리 모두
수많은 별 속으로 퐁당퐁당 빠져들고
별들은 서로 모여서 태양 빛을 만든다

뜨거운 햇빛으로 환하게 비춰주어
넓고 넓은 푸른 길로 우리를 반겨주는
여름은 우리의 열정을 불태운다 뜨겁게

여름

1학년 8반 김나은

커다란 흰구름이 하늘 끝에 지나간다
나무 끝 가지마다 빨강 노랑 색 바래고
여름이 걷던 자리엔 그림자만 남는구나

가을이 온다 하여 여름이 끝날쏘냐
색 바랜 갈잎들이 지난날을 추억하고
하늘의 새하얀 달도 잊지 못한 여름이여

안녕, 여름아

1학년 9반 류승민

시원한 바닷물이 처얼썩 출렁이며
새하얀 갈매기가 끼룩끼룩 우는 것은
그토록 애타게 기다리던 나의 여름 왔다는 것

밤하늘 바라보며 마루에 누웠을 때
귀여운 풀벌레들 하모니가 들린다면
그토록 그립고 그리웠던 나의 여름 왔다는 것

따가운 모기에게 한방쯤 쏘였어도
부채질 하다 하다 팔목이 아파와도
상쾌한 이 여름 공기를 마신다면 괜찮아

정인情人, 여름

차디찬 겨울 지나
따스한 봄 지나

시나브로 다가와선
설레이게 만드는구나

자꾸만
기다려지는
정인(情人) 같은 이 계절

26   목동중학교 학생시조집 시조 치는 목동

초여름

3학년 13반 한도연

어디까지 왔습니까,
한걸음 발자욱에

드리운 새 이파리
그림자로 흔들리고

조용히
감은 눈 위로
내려앉은 여름 빛

여름 햇빛

2학년 7반 김상윤

벚꽃이 한 잎 한 잎 파르르 흘러내려
봄 끝에 마주하는 아름다운 이 마지막
이어질 여름 속에서도 마주할 수 있을까

그 다음 아무것도 없을 리가 있겠는가
친구와 하루하루 행복을 대화하다
뜨거운 여름 햇빛을 나 모르게 닮아간다

무상無常

인간의 팔십 년은
덧없는 꿈과 같고

천하는 영원히 살
집으로는 못 되기에

무상(無常)의
바람에 이끌려
벗어나리라 이 속세(俗世)를

1부 높디 높은 저 하늘은 푸르게 빛이 나고   29

고요

3학년 5반 **백정현**

검은 밤 거닐다가
눈을 들어 올려보면

달무리 어른대며
따라오는 환한 달빛

요란한
세상 위에서
침잠(沈潛)하네 고요히

바다여

2학년 13반 **염승헌**

시커먼 밤바다를
나 홀로 바라본다

끝도 없이 펼쳐지는
광활한 바다 앞에

참 작은
나의 존재여,
초라하기 그지없다

초여름

2학년 9반 김가영

냇물가에 주저앉아
꽃잎을 떼어내어

떼 지은 물고기들에
살포시 얹어주네

하지만
내 뜻 모르고
도망치고 있구나

내 곁의 여름

바다가 차가움에서 시원함으로 변할 때
분홍이 연두색으로 연두가 초록으로
여름이 우리 곁으로 바로 발끝에 도착했다

매미가 맴맴맴맴 햇볕이 쨍쨍쨍쨍
나무가 울창하게 모두모두 푸릇하게
여름은 한 여름날은 우리 마음에 이미 왔다

1부 높디 높은 저 하늘은 푸르게 빛이 나고   33

바다

1학년 17반 이소윤

파랗게 넘실대는
시원한 푸른 바다

빨갛게 아른거리는
따뜻한 저녁노을

지평선
저 먼 곳 너머
할머니의 웃는 모습

낙화

꽃잎이 떨어지네
열매를 맺기 위해

열매를 맺으려고
희생하는 가여운 것

손으로
인사 나누며
이별하는 가여운 것

벚꽃의 기억

1학년 7반 **박민서**

따스한 봄바람에
흩날리는 벚꽃잎들

콧잔등에 내려앉아
내 마음을 간질이네

속삭임
아름다웠던
그 날이여 내게로

그림자

2학년 9반 신경준

해가 뜰 때 해가 질 때
아무도 알 수 없게

묵묵히 나의 뒤를
따르는 검은 물체

한참을
지나다 보니
흔적 하나 없구나

그림자

3학년 1반 윤정원

그림자는 무언가를
뒤따라 다닙니다

아침엔 햇빛 받는
사람들을 마주하고

저녁엔
모든 세상 다
덮어버리고 말지요

여름날의 생각

2학년 5반 이채민

더위는 온종일을 쨍쨍쨍 타오르고
그 더위 보는 순간 여러 생각 떠오른다
그 더위 무슨 일 있기에 이 기승을 부리는가

매미는 하루 종일 맴맴맴 울고 울고
저 매미 보는 순간 여러 생각 떠오른다
그 더위 무슨 일 있어 이리 크게 우는가

벤치에 앉으면서 여러 생각 잠겨 본다
그 더위 저 매미들 무슨 생각 하는 걸까
여름이 지나자마자 사라질까 걱정할까

한 방울 흘러내려

1학년 4반 **최예지**

한 방울 흘러내려
두 방울 떨어지고

아지랑이 상상이고
달궈진 정수리에

숨소리
점점 가빠져
지금 아직 칠월이냐

초여름

봄이 하나 둘씩
인사하고 떠나가니

여름이 뒤를 이어
성큼성큼 다가오네

아직은
땀 흘리기 싫다
여름 오지 말아라

여름

3학년 14반 박예지

우리가 바라는 바람 시원하고 서늘한 바람
계절이 주는 바람 찬 바람에 더운 바람
어느덧 여름이 되니 더운 바람 찾아온다

우리는 늘 서늘한 바람 쐬고 싶고 받고 싶지만
계절은 우리에게 그 바람만 주지 않네
여름은 더운 바람만 끊임없이 선물하네

태양

1학년 9반 차현비

하늘에 우두커니
쓸쓸히 자리잡고

달이나 만나볼까
별이나 만나볼까

애타는
가슴만큼이나
더욱 더욱 열을 낸다

여름을 주어서

1학년 12반 김희정

초록빛 잎사귀가 새순을 곱게 트고
방긋 웃는 이슬방울 신나게 굴러 굴러
머리칼 헤치는 바람 손 맞잡고 춤추자

짓궂은 햇빛 햇빛 뜨겁게 소리쳐도
화가 난 하늘 하늘 우릴 향해 울어대도
너희가 싫지 않구나, 여름 선물 주었으니

봄 꽃

2학년 13반 정다빈

따뜻한 햇살 아래
한 송이 피어났네

봄 되면 잊지 않고
나를 맞는 봄꽃이여

참으로
찬란하도다
때가 되면 피는 꽃

텅 빈 방

2학년 12반 이현진

텅빈 방 까마득히 해가 잠든 그 어느 날
아랫집의 비명 소리 고요함을 깨뜨린다
눈동자 일깨우면서 고요함이 물러간다

태양이 내려앉아 몸 감싸던 그 어느 날
바람이 춤을 추며 기뻐하던 그 어느 날
여름의 한 줄기 빛은 점차 색이 물든다

여름의 내 머리는 단 한번의 설레밤을
여름의 내 몸통은 지속적인 게으름을
여름의 그 꼬리 끝은 후회 막심 그것뿐

2부

부딪쳐 보련다,

모든 걸

잘하지는 못해도

어릴 적 꿈

3학년 12반 김보경

내 방에 이 의자가 더 이상 높지 않을 때
내 꿈은 너무나도 멀리멀리 벌어졌고
어느새 어릴 적 꿈들 잊으면서 지냈다

자라지 않던 키는 어느새 훌쩍 컸고
이상하게도 커져가던 꿈들은 작아졌다
내 안의 추억 속에서만 추억하게 되었다

새로운 꿈들은 계속해서 생겨나고
새로운 희망들에 설레며 노력해도
어릴 적 그 꿈들은 계속 그리워질 것이다

꿈을 향한 믿음

언제나 미래라는 미로에 갇혀 있다
어디로 가야 할지 어디가 정답인지
끝없는 어둠 속의 미래 빛이 없는 나의 미로

여기로 가 보았다, 저기로 가 보았다
출구를 찾지 못해 방황을 해보지만
언젠가 나의 빛이 될 나의 꿈을 믿는다

꿈

2학년 10반 송인근

풍선이 멀리멀리
하늘로 올라가서

아무리 멈추라고
소리를 질러봐도

그 풍선
떠나가 버렸어
나에게서 영원히

꿈을 향하여

2학년 13반 정다빈

드맑은 햇볕 아래 평원을 달려가는
씩씩하고 자유로운 한 마리의 말처럼
달려라, 목표를 향해 더 힘차게 달려라

아직은 이르기에 준비하는 새싹처럼
먼 훗날 이 세상을 비출 것을 기약하며
솟아라, 역경을 이기고 우뚝우뚝 솟아라

끊임없이 쉬지 않고 돌아가는 시곗바늘처럼
끊임없이 꿈을 향해 한걸음씩 다가가서
이뤄라, 포기하지 않고 이루리라 꿈이여

꿈과 꽃

2학년 9반 김가영

우리들 마음에는
꽃들이 자랍니다

꽃잎에 웅크리며
조용히 자랍니다

모두 다
어여쁜 꽃들을
피워낼 수 있을까

거목巨木

3학년 5반 **백정현**

아득히 잊혀가는 저 기억 너머 속에
옹송그려 품고 있는 작은 씨앗 몇 알갱이
오늘 밤 내일 해 지나면 재 너머에 심을까

씨앗 몇 알 모두 모아 봉긋한 마음속에
비 내려 햇볕 쬐어 새싹을 틔워내고
끝내는 푸르디푸른 거목(巨木)들이 되게 하리

인류의 미래

1학년 15반 서휘곤

사람이 있는 곳엔 어디에나 꿈이 있고
그 꿈이 있는 곳에 성취함도 꽃 피리라
바람된 꿈을 꾸어야 그 꿈 또한 이뤄지리

모두가 바람직한 그런 꿈을 꾸지 않고
헛되고 비열하고 잔인하고 끔찍하다면
세상은 못 견딜 정도로 타락하고 말 테지

미래를 결정지을 효과적인 좋은 무기
모두가 갖고 있는 무서운 무기이기에
그 꿈을 어떻게 쓰느냐가 우리 미래 결정한다

그림자

1학년 13반 **박세희**

그림자 그 자체는
그 누구도 모르지요

해질녘 비춰지는
부자(富者)의 뒷모습인지

막막한
빈털터리의
거미줄은 아닌지

꾸고 싶다

1학년 1반 양지숙

그때는 좋았는데, 분명히 좋았는데
분명히 그 때에는 다 가졌다 좋았는데
어떨 땐 꿈일 뿐이어서 안도하는 그런 꿈

그때는 행복했는데, 분명히 행복했는데
그때는 분명히 다 만족해서 행복했는데
어떨 땐 사실이 아니어서 안도하는 그런 꿈

무제

'행복'이란 이름으로
억압하고 있었구나

'자유'라는 이름으로
제한하고 있었구나

알았다
새로 깨달았다
불가능한 꿈임을

꿈

1학년 9반 **차현비**

보라색 구름 위에 놓여진 하얀 궁전
그 안엔 무지개색 보석들이 번쩍번쩍
금고엔 빳빳한 지폐들이 차곡차곡 쌓였다

그 궁전 한가운데 놀고 있는 나의 모습
어렸을 적 갖고팠던 마카들과 여기저기
고급진 종이장들과 펜들까지 내 손에

"현비야 일어나라, 밥먹고 학교 가야지"
멀리서 들려오는 엄마의 말소리에
그제야 꿈이었다는 걸 퍼뜩 생각났었다

뭐 괜찮아, 그 속에서 즐거워하였으니
그런데 도대체 무슨 꿈을 꾸었던가
즐거움 사라지는구나, 아쉬웠던 한순간

자유

2학년 7반 김주형

자유를 찾으려고
나왔던 나의 길이

허무해 울고 싶어
울 곳을 찾는구나

그마저
알 수가 없네
없는 걸까 자유는

알바생들

1학년 18반 남서윤

우리가 꾸는 꿈은
환상이요 망상인가

현실의 고객들은
진상이요 갑질인가

오늘도
꿈꾸는 망상들
그 이름은 '최저 시급'

대망大望

2학년 6반 **박승우**

무사(武士)가 대망 품고
큰 칼 빼어 치켜드니

큰 바람 일으키고
구름 높이 치솟는다

대망이
천하를 뒤덮으니
장한 그 뜻 이루네

꿈이란 무엇일까

1학년 5반 안성준

꿈이란 무엇일까, 내 안에만 있는 걸까
모두가 서로서로 나누고 있는 걸까
그렇게 꿈이란 단어는 내 머리를 스쳐간다

무언가 하고 싶다, 그것도 아주 격렬히
마음속 한 덩이가 내 영혼을 장악한다
더 이상 못 견디겠다, 그것이 내 꿈인 걸까

이제는 알겠구나, 꿈이란 무엇인지
의미는 모르겠어도 내 마음은 알고 있다
마음이 내게 말한다, 꿈을 지금 펼치라고

꿈

1학년 14반 정혜령

깜깜한 밤처럼 어두운 내 미래에
희미하게 보이는 별 어렴풋이 떠올랐다
그 별이 잡힐 듯 말 듯, 나의 손을 뻗어본다

쉽사리 잡히지 않는 하나의 별 나의 별을
포기하고 싶지 않아 다시 손을 뻗어본다
깜깜한 밤하늘 속에서 허우적거린 나의 손

마침내 손에 잡힌 반짝이는 별 하나여
그러나 잡고 보니 실망스런 별이어라
그래도 나를 환하게 비추는 반짝반짝 별 하나

무지개빛 꿈

1학년 7반 이지율

검붉은 망토 하나 내 몸에 덮일 즈음
눈부신 달님 하나 머리 위로 오를 즈음
하이얀 깊은 꿈속으로 녹아들게 됩니다.

신나고 짜릿한 일을 보거나 겪었던 날
무언가에 미쳐서 시간 가는 줄 몰랐던 날
빨간빛 강렬한 꿈속으로 녹아들게 됩니다

소중한 사람들과 함께 하고 놀았거나
누군가의 정다움과 사랑을 느꼈던 날
노란빛 따스한 꿈속으로 녹아들게 됩니다.

눈물로 아픈 슬픔을 맑게 씻어버렸거나
가슴을 텅 비우고 시원함을 느꼈던 날
푸른빛 시원한 꿈속으로 녹아들게 됩니다.

친구야

2학년 6반 김채은

친구야, 우리가 한때 혀 내밀며 맞던 빗줄기
여기선 비 맞으면 대머리가 된다 하네
그 날은 땅 위에 오른 지렁이를 구해줬지

친구야, 우리가 한때 머리에 꽃 꽂던 날
여기서는 꽃 꽂으면 사람들이 미쳤다 하네
꽃팔찌 주고받던 때가 그 얼마나 그리운지

친구야, 우리가 한때 차 없는 길 놀았었지
서울에선 그러다간 위험하다 한다지만
우리가 한때 했던 것들 찾을 수만 있다면

3부

어디로 가야 할지,
어디가 정답일지

별이여, 청춘이여

3학년 2반 김동환

갓길에 자리 펴고 밤하늘 바라보니
어둑한 구름 자락 아리도록 드리운다
어설픈 마중물이나마 넓은 그릇 채워본다

그 누가 제 힘으로 이 별 저 별 이을 테냐
혜성으로 등불삼고 유성으로 벗삼으니
웃어라 마음껏 웃어라, 싱그러운 청춘이여

비 오던 여름날의 추억

3학년 4반 태현지

빗물이 또르르록 창가에서 흐를 때면
묻혀둔 추억들이 방울방울 맺힐 때면
마음속 깊은 곳에서 다시 너를 부르네

정겹던 그 날들을 너는 아직 기억할까
추억이 뭉게뭉게 머릿속에 꽃 피우네
나에게 비가 온다는 건 너에게로 가는 것

너밖에 없었다

1학년 17반 **박주원**

소나기 쏟아지고 바람은 살랑살랑
번개는 쏟아지고 나비는 팔랑팔랑
그렇게 정반대 같은 내 마음은 나는 혼자

새싹은 솟아나고 여우비는 추적추적
희망은 솟아나고 하늘은 쿵쾅쿵쾅
그렇게 뒤죽박죽인 내 마음은 나는 혼자

하늘에 드리우던 구름들을 사라지게
얼굴에 드리우던 그림자들 사라지게
그렇게 기도해 주는 건 너밖에 없었다

아린 이별

1학년 13반 박정은

어젯밤 꿈에선가 그대가 나왔었네
흐리던 시야 속에 아련하던 그대 모습
손 뻗어 잡으려 했건만 닿지 않던 그대여

우리는 어쩌다가 이렇게 되었는가
한때는 불꽃처럼 사랑했지 않았던가
돌이켜 생각해보니 눈물만이 쏟아지네

우리의 헤어짐은 다리에 든 피멍처럼
내 가슴 한가운데 대못처럼 박혀 있네
어떻게 그대를 잊고 평소처럼 살아갈까

추억

2학년 8반 장은서

아무런 것 하나 없는
그 공간이 하 외로워

한때의 너를 찾아
추억을 더듬는다

지금은
내 곁에 없는
너를 찾아 가고 싶다

무제

품은 뜻 무뎌지고
담은 길 스러진다

고개 비록 꺾이지만
유성(流星)으로 벗삼으니

아니다
아직은 아니다
주먹 다시 불끈 쥔다

3부 어디로 가야 할지, 어디가 정답일지   75

낙화

괜찮아 떨어져도
떨어져도 괜찮단다

그래서 떨어졌어
겁내지 않을 거야

그런데
왜 그런 걸까
후회하고 있는 것은

촛농

1학년 8반 **박시온**

한 방울씩 떨어지는
촛농을 볼 때마다

내 마음 하나하나
생각들이 떨어진다

나만의
갖가지 후회들
촛농 되어 떨어진다

그림자

1학년 11반 유현서

언제나 내 주변을
떠도는 그림자여

움직임도 생김새도
뚝 닮은 저 그림자

오늘도
외로운 내 곁
지켜주고 있구나

텅 빈 교실에서

3학년 13반 이나경

어둡고 쓸쓸해진
터엉 빈 교실에서

어릴 때의 추억으로
교실을 채워간다

하나 둘
솟아오르는
가슴속의 이야기들

멍

2학년 13반 정다빈

가만히 창문 밖을
뚫어져라 쳐다본다

아무런 생각 하나
떠오르지 않는구나

이럴 땐
나도 모르게
그저 가만 있고 싶다

한바탕 꿈

3학년 2반 정서현

그대는 꿈이었다, 한바탕 꿈이었다
그대와 함께했던 수많은 그 밤들을
하나들 쏟아져 내리던 이야기 속 그 별들

그대가 비추었던 밤들이 사라져간다
일말의 희망마저 일몰이 된 그대여
바란다, 꿈속에서 영원히 달이 뜨지 않기를

그림자

1학년 14반 **정혜령**

물 아래 어리비친
하이얀 저 그림자

어딘가 슬퍼 뵈는
하이얀 저 그림자

다정히
달래주고 싶은
저리 하얀 그림자

꿈속에서

2학년 7반 김동현

하루에 마지막을
보내는 그 곳에서

내가 왕이 되고
하느님이 되고 싶다

없는 게
없는 그 곳에서
모든 것을 하고 싶다

그림자

2학년 5반 김태희

희미한 저 그림자
조용조용 살금살금

그들만이 소근대는
은밀한 대화일까

얼굴은
보이지 않지만
같이 얘기 나눠요

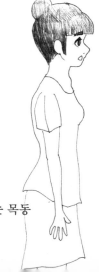

검은 반점

1학년 17반 **문수현**

얼굴에 까맣게 난
커다란 반점 하나

없앨까 안 없앨까
고민 고민 하였지만

나 자신
생각하면서
그냥 살자 하였네

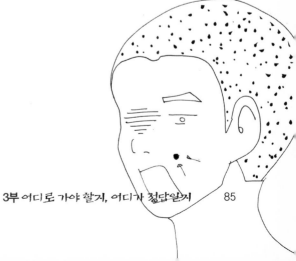

다이어트

2학년 6반 **박정인**

먹을 거 끊어놓고
버린 게 고작 하루

운동한다 결심하면
작심삼일 간다 했지

그러니
어려운 그 일
몇몇 사람 차지지

미궁迷宮

1학년 15반 서휘곤

그 무엇도 헷갈리는
이 곳은 미궁이다

복잡한 미궁 속에
빠져버린 한 나그네

빠르게
빨려들어가
나올 줄을 모르네

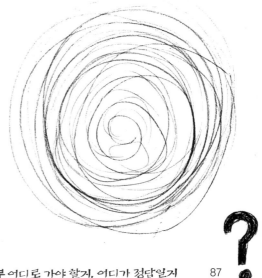

고향 바다

2학년 5반 이채민

갈매기 끼룩끼룩
파도 소리 철퍼철퍼

맑고 맑은 부산(釜山) 바다
짠맛 스민 바다 냄새

상쾌한
바람을 타고
실려오는 바다여!

검은 반점

1학년 15반 서휘곤

모두가 곤히 쉬는
평화로운 깊은 산 속

붓 하나가 쉴 새 없이
움직이며 남긴 흔적

마지막
말을 남기며
나 쉰다고 합니다

4부

햇살처럼
밝게

즐거운 점심시간

아이들이 목청껏
노래를 하는 시간

재잘재잘 조잘조잘
이야기 나누는 시간

즐거운
웃음소리가
퍼져가는 그 시간

92   목동중학교 학생시조집 시조 치는 목동

좀 할 걸

1학년 17반 **신종화**

한 달 남은 기말고사 열심히 공부하자
다짐하며 공부해도 놀고 싶은 나의 마음
꾹 눌러 참아보아도 흐트러진 내 마음

시험을 잘 봐야지 긴장하며 공부해도
왜 내가 공부하지 떠오르는 생각 생각
열심히 공부해 봐도 알 수 없는 허무함

시험보고 느끼는 건 놀지 말걸 후회감
채점하고 느끼는 건 공부할 걸 후회감
이제는 공부해야지 다짐하는 나의 마음

다시 한 번 보게 되는 기말고사 공부하자
이제는 참게 되고 공부하는 나의 마음
배움의 이유를 알며 공부하는 나의 마음

4부 **햇살처럼 밝게**   93

시험이 끝나면

1학년 18반 유호균

지난번에 받은 것은 팔십 점 내 시험지
이번에 받은 것은 구십 점 내 시험지
노력해 만들어낸 것은 십 점이란 내 성적

내 친구 시험지엔 써져 있는 일영영
내 친구가 했던 것은 공부 아닌 게임인데
내 친구 시험지엔 항상 볼 수 없는 오답들

성적표를 들고 가면 항상 듣는 잔소리들
엄마가 매일하는 내 친구와 성적 비교
원했던 '수고했어' 한 마디, 받기 힘든 그 한 마디

시험 스트레스

1학년 4반 **장연주**

시험 날 학생들은 판다들로 변하지요
눈 밑엔 다크서클 내 몸은 느릿느릿
선생님 우리 보시고 활짝 허허 웃으시네

시험 전날 학생들은 집에서 쫓기지요
어머니 잔소리에 껑충껑충 요리조리
아버지 잔소리에는 방문 꼬옥 닫지요

학교엔 선생님이 집에선 부모님이
껑충껑충 요리조리 운동하게 만드시네
우리는 판다 토끼인가, 우린 대체 무얼까

시험 징크스

1학년 4반 조주영

시험이 다가오니 시험공부 할까 하나
제 아무리 안간힘 쓰고 머리를 짜내어도
무식은 태산보다 크고 내 지식은 티끌이네

째깍째깍 시곗바늘 바쁘게 돌아가고
보글보글 어머니는 음식 솜씨 발휘중이라
아무리 집중하려 해도 모든 소음 다 들리네

책상은 침대구요, 의자는 담요지요
시험은 이미 벌써 망한 것 같으니까
소인은 여기 편안히 단잠이나 청하리

시험

연필이 사각사각 쓰이는 작은 소리
시계가 째깍째깍 돌아가는 여린 소리
심장이 쿵쾅쿵쾅하며 들려오는 큰 소리

힘들게 숨겨두었던 습관들이 나오지요
얄미운 예비종은 울리고야 말았구요
그제야 더욱 새록새록 떠오르는 문제집

모두들 끝나자마자 각각 바삐 움직인다
하지만 하나같이 주고받고 질문들은
시험은 잘봤니 어땠니, 괜찮았니 좋았니

4부 햇살처럼 밝게　　97

시험

2학년 11반 정승원

시험이 시작되면
사방은 다만 정적(靜寂)

쉬는 시간 종을 치면
학교가 북적북적

시험은
같이 쳤지만
내 기분은 울적해

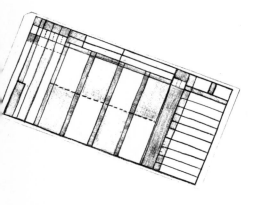

시험

1학년 13반 **정우용**

시험을 보는 날엔 아침부터 긴장되지
학교에 오는 길에 들리는 심장 소리
너무 큰 내 심장소리 나는 지금 긴장 돼

시험이 끝나서야 작아지는 심장 소리
시험이 끝났으니 놀아도 되겠구나
시험 때 가지고 있던 그 긴장들 내려놓고

자유

2학년 10반 **김정하**

자유란 무엇인가
나는 가끔 생각한다

자유롭게 노는 것이
나에겐 진짜 자유

어머니
잠깐만이라도
놀다 오고 싶어요

점심시간 전쟁

2학년 10반 **김정하**

모두가 숨죽이며
눈치를 서로 본다

딩동댕 종이 치자
교실 안은 텅 비었다

이제는
점심을 위한
큰 전쟁이 시작된다

오늘 급식은 제육볶음

1학년 14반 **심예준**

덜커덩 급식차 소리
구세주 오는 소리

오늘의 급식 메뉴
위대하신 제육볶음

끝종이
울리자마자
쏟아져 나온 하이에나들

시험의 전후

지난 한 달 30일을 칼을 갈고 닦았었다
시험지 몇 장 위에 글씨 몇 자 쓰기 위해
우리는 최선을 다했다, 지금 역시 끄적인다

기다리던 그 날인데 평소와는 다르구나
몇 장뿐인 종이 위에 의지하고 집중한다
시험이 싫으면서도 잘하려고 노력한다

4부 햇살처럼 밝게   103

진짜 우정은

2학년 5반 **한예원**

알면서 지낸 날이
십년도 넘으면서

나에게 화만 내고
약올리고 무시하니

이런 걸
누가 어떻게
우정이라 하리오

고맙다, 친구야

2학년 8반 유수연

하늘 위 날아가는 한 쌍의 새와 같이
서로가 꼭 필요한 실과 바늘같이
하굣길 삼삼오오로 모여 가는 친구들

뭐가 그리 즐거운지 터지는 웃음소리
슬픈 일이 있었는지 서로서로 달래주고
떡볶이 맛있게 먹으며 떠나지 않는 미소들

때로는 마주보는 해맑은 거울같이
서로의 눈동자를 지긋이 바라보며
한 번씩 작게 속삭인다, 고맙구나 친구야

줄다리기

3학년 13반 이나경

단 둘이 주고받는 줄 없는 줄다리기
당기면 끊어질까 스을쩍 놓아주나
두 사람 깊은 마음속 밧줄처럼 얽혀 있네

풀으려 애를 쓰면 나조차 휩쓸리니
그 밧줄 당기면서 안간힘도 써보지만
마음속 줄다리기는 아리송한 눈치 게임

나, 그리고 친구

1학년 6반 이호영

무거운 마음으로 나온 나를 반겨주던
언제나 나의 옆을 지켜주고 기다리던
조금만 생각을 해도 행복하게 만드는 너

슬픔을 감추고 해맑게 웃는 것까지
어쩌면 너와 나는 그리도 닮았을까
환하게 웃고 있는 너는 나일지도 모르겠다

더운 날에 지치기에

1학년 11반 이채린

오월의 붉은 꽃이
하늘 위를 노니는네

우리도 더운 날에
마냥 있기 지치기에

친구와
즐겁게 웃으며
웃음꽃을 피우세

수신인 없는 편지

2학년 2반 **박수진**

그해 봄 나에게
꽃잎들은 낙화(落花)였다

너에게 꽃잎들이
낙화일 줄 몰랐기에

미안해
아직 못 보낸
벗을 향한 편지들

그런 친구

기쁠 때 함께 웃는
재밌는 친구거나

아플 때 도와주는
의리 있는 친구거나

힘들 때
위로해 주는
그런 친구 없을까

110   목동중학교 학생시조집 시조 치는 목동

5부

사랑한다고

전하고파

봄날의 맹세
- 세월호 사건

2학년 12반 배지윤

봄이 와도 너의 온기 느껴지지 않는 것은
아직도 너의 몸이 찬 바닷물에 젖어 있고
그날의 어두운 기억에 몸서리치기 때문이다

봄이 와도 마음에 피는 꽃 한 송이 없는 것은
그날의 그 공포와 고통스런 기억들이
밀물이 마구 밀려오듯 되살아나기 때문이다

봄이 가도 시들지 않는 꽃으로 남는 것은
끝없는 파도 속에서 신음하는 아이와의
그 약속 굳은 맹세처럼 남아 있기 때문이다

어머니

1학년 16반 **오유진**

어머니, 내 어머니 사랑하는 내 어머니
홀로 앉아 우리 가족 따뜻하게 돌보시네
눈앞에 어른거리는 아리따운 어머니

자식 농사 힘들다며 불평은 하건만은
고운 손 무뎌지고 마음이 무너져도
그대로 온화한 얼굴 보이시며 웃으시네

세월의 눈물

1학년 10반 이유나

축처진 좁아진 어깨
무성한 흰머리카락

내 추억의 아버지 모습
너무도 작습니다

지치신
아버지 모습에
눈물나요 괜시리

그리워요, 가족

되도록 편안하게 내 고통을 지켜주고
떨어져 있더라도 언제나 떠올리는
온전히 의지하게 되는 그런 귀한 존재여

언젠가는 만나겠지 헤어졌던 그런 날들
당연한 듯 지내왔던 지난날들 후회하며
진작에 말이라도 할 걸, 고마웠단 한 마디

가족

1학년 17반 이소윤

바늘이 가는 곳에 항상 실이 함께 가듯
언제나 함께하는 아름다운 삶의 동반자
내게는 활력소 같은 그런 사람 있습니다

깊은 늪과 가시덩굴 다함께 헤쳐가고
잎에 비친 따스한 햇살 다함께 기뻐하는
없어선 아니 될 존재 '우리 가족'입니다

가족의 도리

가족은 수족과 같아 끊어지면 이을 수 없네
인간 팔십 년을 함께할 가족이네
절대로 바꿀 수 없는 참 소중한 가족들

군신 간에 충(忠)이 있고 사제 간에 예(禮) 있다면
가족에겐 정이 있고 유래가 필요한데
현세는 이들을 무시하니 망하는 길 아닌가

5부 사랑한다고 전하고파   119

부모님

1학년 1반 **조희연**

시 도 없이 때도 없이
부르는 이름 '부모님'

언제부터 그분들은
부모님이 되었을까

진정한
그들의 이름은
그 어디로 사라졌나

3별 선물

2학년 9반 김가영

늦저녁 하늘 아래
별가루 떨어지네

아가손 그 안에다
고이 모아 병에 담아

낼 아침
생신 선물로
울 엄마께 드리자

가족은

2학년 10반 **박서현**

내게 주는 그 애정은
해처럼 따뜻하고

부드러운 이불 속에
있는 것 같습니다

가족은
힘을 내게 하는
공기이며 영양제

가족 사랑, 그리고 회상

1학년 8반 박시온

나의 마음속의 잠들은 그 상처들
아무리 힘들었던 마음의 상처라도
가볍게 내어줬었던 그런 내가 밉구나

언제나 웃으면서 반갑게 사랑 주고
슬펐던 기분들을 맞춰준 우리 가족
좋은 말 해주지 못한 그런 내가 밉구나

가족과 지난 추억 생각 못해 미안하고
일 없던 내 투정을 받아줘서 감사한다
곱씹어 생각할 때마다 흘러내린 눈물들

지금도 사랑하고 앞으로도 사랑할게
흐르는 그 눈물을 이제 내가 닦아줄게
마음속 그 깊은 상처 내가 모두 삼켜줄게

우리 가족

3학년 7반 김나연

든든하고 멋이 있게 우리 가족 지켜주는
아버지 다섯 개의 발가락 중 가장 크고
듬직한 엄지발가락 아버지 사랑해요

기쁠 때나 슬플 때나 가장 먼저 생각나는
어머니 다섯 개의 발가락 중 가장 길고
어여쁜 검지발가락 어머니 감사해요

때로는 친구처럼 때로는 엄마 같은
우리 언니 마지막 제일 작은 발가락
돌보는 넷째발가락 우리 언니 고마워

역할도 생김새도 성격도 다르지만
발이라는 울타리 속 화목하게 하하 호호
발가락 무엇보다도 아름다운 가족이다

가족의 소중함

1학년 17반 **문수현**

집에 오자 날 반기는 사랑스런 나의 가족
힘든 일 있느냐고 물어보고 챙겨주면
매 시간 대답해주고 싶은 사랑스런 나의 가족

내 가족이 내 생각에 울까도 걱정되지만
눈앞에 다가오는 기말고사 생각나니
지금은 공부만 해서 부모님을 기쁘게 하자

가족들을 챙겨주고 보살피고 싶지마는
학교를 가야 하고 학원 숙제 해야 해니
언제나 챙겨주지 못해 참 미안한 나의 마음

철없는 누나가

1학년 10반 이윤성

어느덧 두 달째나 네 눈은 말썽이다
이제 와서 처음으로 너에게 말 전한다
솔직히 네게 쏠리는 그 관심이 고팠다고

군대 갈 때 생각하며 무심코 던진 네 말
반대 쪽 한눈으로 조준하면 된다 했지
나 역시 시린 마음에 속상했고 슬펐다

얼마나 불편하고 흐리고 답답할까
동생아 이제서야 처음으로 말을 한다
나아서 함께 뛰놀자, 꼭 그러자 꼭 하자

손수건

1학년 1반 **조희연**

내 마음 훌쩍일 때
눈물이 쏟아질 때

친근한 향내 품어
나의 눈물 삼켜주는

이제는
그 하얀 손수건
어머님께 드리리라

사랑한다 전하고파

1학년 10반 **김채령**

모든 걸 털어내고 그대 품에 안긴다면
가만히 두 팔 벌려 안아줄까 밀어낼까
오늘도 고민만 하다 가버리면 어쩌나

한참을 오랫동안 내 곁에 있어줘서
고맙고 미안하고 사랑한다 전하고파
언제나 하고 싶었던 묵혀왔던 그 말들

희로애락喜怒哀樂

3학년 5반 **백정현**

부드러운 그 미소에
고요히 입맞추고

들끓는 마음으로
눈물을 삼키었네

기꺼이
그대 놓을 테니
맑게 밝게 있어라

너에게

2학년 13반 **염승헌**

우리가 함께 가던
노을 빛 자전거길

너 없이 다시 가면
그때와는 다르겠지

시원한
바람 맞으며
달려가던 우리 모습

미궁迷宮 속의 미로

1학년 14반 김서윤

어둠에 갇혀 있는
미궁 속 너의 모습

미로(迷路) 같은 미궁 속을
헤어나려 하고 있다

'도와줘'
외치고 있는
너의 모습 아프다

벽

1학년 17반 **박주원**

우리 둘 사이를
가로막는 높은 저 벽

언제까지 그 자리에
버티고 서 있을까

붉은색
그 하나하나
빈 틈조차 없구나

진짜 우정은

2학년 5반 **한예원**

알면서 지낸 날이
십년도 넘으면서

나에게 화만 내고
약올리고 무시하니

이런 걸
누가 어떻게
우정이라 하리오

성찰과 발견의
아름다움이 주는 감동

김경옥 l 목동중학교 국어교사

조용히 떠올려 보면, 국어 선생이 된 나도 중학교 시절엔 내 안의 고민과 갈등으로 감정의 소용돌이에 갇혀 지냈다. 그런데 지금의 중학생들은 그 때보다 더 큰 질풍노도의 시련을 겪는 듯하다. 오죽하면 중2가 무서워서 북한이 쳐들어올 엄두를 못 낸다는 우스갯소리까지 생겨났을까? 그 와중에 목동권 학생들은 영재고·특목고 입시의 과열 경쟁으로 다른 지역보다 더욱 공부에만 열을 올리며 생활하고 있다. 이중고를 겪는 셈이다. 이런 환경이다 보니 국어 선생은 시를 읽게 하거나 시를 창작하게 하는 일이 시간 낭비가 아닐까 하는 생각으로 학생들 눈치를 보게 된다.

올봄 개봉한 영화 〈동주〉를 학생들과 함께 보면서, 제 돈 내서 시집을 사서 읽는 학생들이 얼마나 되는지 손을 들어 보라고 하였다. 내가 가르치는 다섯 반 학생들 중에서 모두 세 명이 손을 들었다. 하긴 시집을 사서

읽는 어른들도 얼마 안 되는데……. 시가 냉대를 받는 세상에 우리가 살고 있다. 시 읽기의 필요성에 대해 언급하면서 나중에 꼭 함께 시를 읽겠노라고 선언을 했고, 학년 말인 지금 나는 '시로 떠나는 여행 가방'을 꾸려 학생들과 함께 시를 읽고 외우는 활동을 하고 있다. 나는 그 시간이 참 행복하다.

그런데 우리 목동중학교 학생들이 시조를 직접 쓰고 그것으로 시조집을 엮어 낸단다. 대단한 능력자들이다. 전반적으로 문학 읽기에 대해 관심이 떨어지는 세상에서, '학년 말 프로그램으로 아이들과 함께 단편소설 10편 읽고 시 10편 외우기는 나름 괜찮은 프로그램이야.' 스스로 위안을 삼던 내게 시조집 출판 소식은 대단한 충격이었다. 국어 선생인 나도 '시조' 하면 떠오르는 것은 '3장 6구 45자 내외의 4음보'라는 형식적인 특징 외에 외우는 시조 몇 편이 고작인데, 선생으로서 낯이 뜨거워지는 순간이었다.

글을 쓴다는 것은 결코 쉬운 일이 아니다. 게다가 이 시대 학생들에게 익숙한 양식도 아닌 시조를 쓴다는 것은 더더욱 힘든 일이다. 그럼에도 불구하고 우리 학생들이 그 일을 해낸 것이다. 그 속에는 그들의 재치와 반짝거림, 불안과 걱정, 꿈과 희망, 사랑과 우정, 그리고 생생한 삶의 현장이 담겨 있다. 자기 삶을 들여다보고 발견해 낸 아름다움을 표현한 시조들은, 읽는 내내 코끝이 찡하고 가슴이 따뜻해지는 감동을 내게 안겨

줬다. 사람은 자기 범주 안에서 생각하고 받아들인다고 했던가? 학생들이 쓴 시조들을 읽고 감상하며 다시 내가 무엇을 해야 하는지 깨달았다. '학생에게서 배운다.'라는 말을 실감하는 시간이었다.

높디높은 저 하늘은 푸르게 빛이 나고

계절의 흐름에 눈을 돌리고 자연의 변화에 제대로 관심을 갖는 것은 나이가 들어야 가능한 법이다. 그럼에도 아이들은 제법 어른들처럼 계절에 민감하게 반응하고 있다. 아이들의 열정과 젊음을 닮은 여름! 그래서 여름에 관한 시조가 제일 많은지도 모르겠다.

맨 처음에 실린 시조 '여름의 선물'을 먼저 살펴보자.

뜨거운 태양 아래 내 마음 두근두근
손가락 사이사이 휘감는 파란 바람
처량함 가득 머금은 하늘마저 내게로

마음속 쌓인 걱정을 휩쓸고 가는 바다
평범한 일상 속의 특별한 여유로움
여름이 내게 선물한 이 자그만 짜릿함

재연이는 마음에 걱정이 많은 아이인가 보다. 하지만 읽는 나는 걱정하지 않는다. 그 걱정은 벌써 바다로 휩쓸려갔고 여름에게서 짜릿함을 선물 받았으니까 말이다. 첫수에서는 촉각적 심상과 청각적 심상을 아주 잘 이용하였다. 그 심상들이 한데 어울려 처량함을 더욱 머금게 하여 걱정이 태산 같아 보이지만 둘째 수에서 여유로움으로 걱정을 풀어 내는 한 아이를 본다. 무엇으로부터 오는 걱정인지는 몰라도 스트레스를 받는 아이가 시조 쓰는 시간을 통해 자기를 응시하고 치유하는 힘을 얻는다. 글은 이처럼 자기 내면을 들여다보고 다시 일어설 수 있는 힘을 안겨 주는 것이 아닐까?

밤낮으로 화안하게 빛나는 우리 모두
수많은 별 속으로 퐁당퐁당 빠져들고
별들은 서로 모여서 태양 빛을 만든다

은우는 총 3수로 이루어진 연시조 「여름날 열정」 2수에서 우리는 밤낮으로 환하게 빛나는 별이며 그 별들이 모두 모여 환한 태양 빛을 만든다고 했다. 이런 미친 자존감이 아이들을 살아가게 한다. 아이들 스스로 자신이 자체 발광하는 존재임을 깨닫는 것이 꼭 필요한 것이다. 과학적으로 따진다면 별들은 태양 빛 때문에 그 빛을 잃게 되는데, 은우는 오히려 별들이 태양 빛을 만든다고 표현했다. 이 시조를 읽으며 나는 은우가 자부심이 대단한 아이이고, 어떤 상황에서도 불의한 세상과 당당하게 맞설 것이라 예상했다.

그런가 하면 나은이는 「여름」 2수 종장에서 '하늘의 새하얀 달도 잊지 못할 여름이여'라고 했고, 승민이는 「안녕, 여름아」 첫수 종장에서 '그토록 애타게 기다리던 나의 여름 왔다는 것'이라고 했으며, 준열이는 「정인, 여름」 마지막 연에서 '자꾸만 / 기다려지는 / 정인 같은 그 계절'이라고 했고, 도연이는 「초여름」 첫 연에서 '어디까지 왔습니까, / 한 걸음 발자욱에', 상윤이는 「여름 햇빛」 첫수 종장에서 '이어질 여름 속에서도 마주할 수 있을까'라고 표현하여 마치 사랑하는 사람을 기다리듯 여름을 향해 절절하게 마음이 향하고 있음을 보여 준다. 특히 준열이와 도연이는 일반적인 시조 형태인 장별 배행을 벗어나 구별 배행 시조의 현대적 특징을 구사하고 있는 것도 눈여겨볼 만하다.

부딪쳐 보련다, 모든 걸 잘하지는 못해도……

이제 '꿈'이 화두인 시대가 되었다. 2016학년도부터 전국적으로 모든 중학교에서 꿈과 끼를 키우는 자유학기제가 시행 중이다. 우리 학교도 1

학년 2학기를 자유학기제로 정하고 여러 프로그램을 운영 중에 있다. 하지만 아이들의 미래에 대한 불안은 여전하고 그 불안이 시조에도 고스란히 담겨 있음을 확인하게 된다.

언제나 미래라는 미로에 갇혀 있다
어디로 가야 할지 어디가 정답인지
끝없는 어둠 속의 미래 빛이 없는 나의 미로

여기로 가 보았다, 저기로 가 보았다
출구를 찾지 못해 방황을 해보지만
언젠가 나의 빛이 될 나의 꿈을 믿는다

서윤이는 「꿈을 향한 믿음」에서 자신의 미래에 대한 불안을 미로라고 표현한다. 초성이 똑같은 단어를 통해 언어유희를 즐기기도 하지만, 출구가 보이지 않는 미로에 갇혀 방황하는 모습을 생생하게 표현하고 있다. 하지만 나의 꿈과 빛을 믿는 서윤이를 보며 자신을 바라보는 것이 얼마나 중요한 것인지를 새삼 깨닫게 된다. 자존감을 키우고 자기 확신을 통해서 불안한 미래도 충분히 헤쳐나갈 수 있음을 보게 된다.

아득히 잊혀가는 저 기억 너머 속에

옹송그려 품고 있는 작은 씨앗 몇 알갱이

오늘 밤 내일 해 지나면 재 너머에 심을까

씨앗 몇 알 모두 모아 봉긋한 마음속에

비 내려 햇볕 쬐어 새싹을 틔워내고

끝내는 푸르디푸른 거목(巨木)들이 되게 하리

정현이는 「거목巨木」에서 씨앗이 거목이 될 수 있음을 보여 준다. 아직은 씨앗이지만 마음, 비, 햇볕이 모두 모아 새싹을 틔워 내고 끝내는 거목이 될 것이란다. 이런 자신감이 우리 아이들에게 체화되어야 하는 것이다. 내용도 좋지만 이 시조에 사용된 어휘들이 참으로 훌륭하다. 아득히, 옹송그려. 알갱이, 재, 알, 봉긋한, 푸르디푸른…… 이 어휘들을 끌어내기 위해 얼마나 많은 생각을 했을까 감탄스러울 뿐이다.

꿈이란 무엇일까, 내 안에만 있는 걸까

모두가 서로서로 나누고 있는 걸까

그렇게 꿈이란 단어는 내 머리를 스쳐간다

무언가 하고 싶다, 그것도 아주 격렬히
마음속에 한 덩이가 내 영혼을 장악한다
더 이상 못 견디겠다, 그것이 내 꿈인 걸까

이제는 알겠구나, 꿈이란 무엇인지
의미는 모르겠어도 내 마음은 알고 있다
마음이 내게 말한다, 꿈을 지금 펼치라고

성준이는 「꿈이란 무엇일까」에서 마음의 소리에 귀를 기울인다. 무언가 격렬히 하고 싶다는 내 마음의 소리를 들을 수 있는 귀를 가진 성준이는 참 좋겠다. 그런데 우리도 할 수 있다. 나를 돌아보고 성찰하는 시간을 갖는다면 충분히 가능한 것이다. 모든 걸 잘하지는 못해도 두려워하지 말고 부딪쳐 보려는 자세가 무엇보다도 가장 필요한 것이다.

어디로 가야 할지, 어디가 정답일지

청소년기는 방황과 갈등이 깊어지는 시기이다. 왕성한 호르몬의 분비와 함께 내면의 시름은 깊어지고, 부모 세대와의 충돌로 인해 입을 닫아 버리는 아이들이 부지기수이다. 이럴 때 자신을 응시하는 힘이 있다면

이 시기를 유연하게 보낼 수 있는 좋은 조건을 지니게 되는 것이다.

  갓길에 자리 펴고 밤하늘 바라보니
  어득한 구름 자락 아리도록 드리운다
  어설픈 마중물이나마 넓은 그릇 채워본다

  그 누가 제 힘으로 이 별 저 별 이을 테냐
  혜성으로 등불삼고 유성으로 벗삼으니
  웃어라 마음껏 웃어라, 싱그러운 청춘이여

  동환이는 「별이여, 청춘이여」에서 혜성을 등불삼고 유성을 벗삼아 호탕하게 웃을 수 있는 때가 청춘임을 간파하고 있다. 그런 면에서 동환이는 이미 어른이다. 어설프지만 넓은 그릇을 채울 수 있음을 자신하고 있고, 제 힘으로 모든 별을 다 이으려고 애를 쓰기보다는 흐르는 별처럼 떨어지기도 하고 이리저리 방황하는 것이 젊음의 특권임을 말하고 있다. 그래도 청춘은 싱그럽다는 것을 동환이는 알고 있는 것이다.

빗물이 또르르륵 창가에서 흐를 때면
묻혀둔 추억들이 방울방울 맺힐 때면
마음속 깊은 곳에서 다시 너를 부르네

정겹던 그 날들을 너는 아직 기억할까
추억이 뭉게뭉게 머릿속에 꽃 피우네
나에게 비가 온다는 건 너에게로 가는 것

현지는 「비 오던 여름날의 추억」에서 묻혀 둔 추억 속의 너를 불러 내
어 아직도 마음속에 정겨움이 뭉게뭉게 피어남을 보여 준다. 비를 매개
로 하여 너를 떠올리며 '비가 온다는 건 너에게로 가는 것'이라는 훌륭한
표현을 이끌어냈고 '또르르륵, 방울방울'이라는 의태어를 통해 슬픔을 시
각화하는 모습도 훌륭하다. 지금은 함께 있지 않지만 마음속에서 그 둘
은 영원히 함께 할 것임을 '비가 오는 날이면 떠올리게 될 것이다.

우리의 헤어짐은 다리에 든 피멍처럼
내 가슴 한가운데 대못처럼 박혀 있네
어떻게 그대를 잊고 평소처럼 살아갈까

정은이는 「아린 이별」 세 번째 수에서 한때는 불꽃처럼 사랑했던 그대가 지금은 다리에 든 피멍처럼 내 가슴 한가운데 대못이 되어 박혀 있다고 표현한다. 어쩌면 헤어나기 힘든 깊은 수렁에 빠졌을지도 모를 일이다. 하지만 그대를 잊지 못하겠다는 종장의 표현대로 '그대'는 앞으로 정은이가 더 큰 사랑을 찾는 데 한몫을 하리라 확신한다. 시란 바로 그런 치유의 힘을 갖고 있는 것이므로……

햇살처럼 밝게

일상의 모습에서 이제야 비로소 시조에는 아이다운 모습이 드러난다. 시험에 대한 스트레스를 '시험보고 느끼는 건 놀지 말걸 후회감'(신종화), '엄마가 매일하는 내 친구와 성적 비교'(유호균), '시험 날 학생들은 판다들로 변하지요'(장연주), '시험은 / 같이 쳤지만 / 내 기분은 울적해'(정승원)라고 표현하는가 하면, '무식은 태산보다 크고 내 지식은 티끌이네'(조주영)라고 스스로를 한없이 낮추면서도 '시험이 싫으면서도 잘하려고 노력한다.'(한서연)라고 자신을 다독이는 모습을 보여 준다.

학교에서 아이들이 가장 기다리는 점심시간에 대해서도 할 말이 많다. '아이들이 목청껏 / 노래를 하는 시간'(나하영), '오늘의 급식 메뉴 / 위대하신 제육볶음'(심예준), '이제는 / 점심을 위한 / 큰 전쟁이 시작된다.'

(김정하)로 표현하며 자신들은 그 전쟁터의 하이에나들이라고 가볍고 발랄하게 즐거움을 표현하고 있다. 그러나 뭐니뭐니해도 아이들에게 가장 중요한 것은 친구일 것이다.

하늘 위 날아가는 한 쌍의 새와 같이
서로가 꼭 필요한 실과 바늘같이
하굣길 삼삼오오로 모여 가는 친구들

뭐가 그리 즐거운지 터지는 웃음소리
슬픈 일이 있었는지 서로서로 달래주고
떡볶이 맛있게 먹으며 떠나지 않는 미소들

때로는 마주보는 해맑은 거울같이
서로의 눈동자를 지긋이 바라보며
한 번씩 작게 속삭인다, 고맙구나 친구야

수연이는 「고맙다, 친구야」에서 자신들의 모습을 재잘대며 날아가는 한 쌍의 새, 서로에게 꼭 필요한 실과 바늘로 표현하고 있다. 참으로 적절

한 비유이다. 더 이상 무슨 설명이 더 필요할까? 서로의 눈동자를 지긋이 바라보며 고맙다고 속삭일 수 있는 친구를 가진 수연이는 어떤 무서운 풍랑이 몰아쳐도 꿋꿋하게 그 험난함을 이겨낼 수 있는 큰 힘을 얻은 것이다. '두 사람 깊은 마음속 밧줄처럼 얽혀 있네'(이나경), '환하게 웃고 있는 너는 나일지도 모르겠다'(이호영)라는 말로 아이들은 친구와 나를 동일시하고 있다. 학창 시절의 친구는 그 어떤 보석보다도 큰 가치를 지닌 것임을 이들 시조를 통해 다시 확인한다.

사랑한다고 전하고파

여기에서 아이들은 삶에서 가장 중요한 사랑을 다루고 있다. 그 중 가족에 대한 사랑이 단연 으뜸이다. '어머니, 내 어머니 사랑하는 내 어머니'(오유진), '지치신 / 아버지 모습에 / 눈물나요 괜시리'(이유나), '진작에 말이라도 할 걸, 고마웠단 한 마디'(신경준), '없어선 아니 될 존재 '우리 가족'입니다'(이소윤), '절대로 바꿀 수 없는 참 소중한 가족들'(박승우), '지평선 / 저 먼 곳 너머 / 할머니의 웃는 모습'(이소윤), '가족은 / 힘을 내게 하는 / 공기이며 영양제'(박서현), '언제나 웃으면서 반갑게 사랑 주고 / 슬펐던 기분들을 맞춰준 우리 가족'(박시온), '동생아, 이제야 처음으로 말을 한다'(이윤성)라고 온 몸으로 가족에게 사랑을 전하고 있다.

시도 없이 때도 없이 / 부르는 이름 '부모님' //

언제부터 그분들은 / 부모님이 되었을까 //

진정한 / 그들의 이름은 / 그 어디로 사라졌나 //

희연이는 「부모님」이라는 구별 배행 시조에서 아이를 낳은 후 자신의
이름은 없어지고 누구누구의 엄마, 아빠로만 살아가는 부모님들의 사정
을 아주 간결하게 잘 담아내고 있다. 이런 이해를 기반으로 한다면 부모
와 자식은 서로 존중하는 가운데 행복하게 살아갈 수 있을 것이다. 어느
한쪽의 일방적인 희생은 서로에게 불행을 가져올 뿐이라는 것을 희연이
는 잘 알고 있다.

역할도 생김새도 성격도 다르지만

발이라는 울타리 속 화목하게 하하 호호

발가락 무엇보다도 아름다운 가족이다

나연이는 총 4수로 이루어진 연시조 「우리 가족」 네 번째 수에서 화목
하게 웃는 아름다운 가족의 모습을 그리고 있다. 가장 크고 듬직한 엄지
발가락 아버지, 가장 길고 어여쁜 검지 발가락 어머니, 마지막 제일 작은

발가락인 나를 돌보는 넷째 발가락 언니가 모여 사는 울타리 안에서 훈훈한 기운이 감지되어 읽는 나도 기분이 아주 좋다.

봄이 와도 너의 온기 느껴지지 않는 것은
아직도 너의 몸이 찬 바닷물에 젖어 있고
그 날의 어두운 기억에 몸서리치기 때문이다

봄이 와도 마음에 피는 꽃 한 송이 없는 것은
그 날의 공포와 고통스런 기억들이
밀물이 마구 밀려오듯 되살아나기 때문이다

봄이 가도 시들지 않는 꽃으로 남는 것은
끝없는 파도 속에서 신음하는 아이와의
그 약속 굳은 맹세처럼 남아 있기 때문이다

지윤이는 「봄날의 맹세」에서 가족을 뛰어넘어 사회로 눈을 돌리고 있는 모습을 보여 준다. 이웃의 아픔을 함께 나누고 기억하고 다시는 같은 일을 되풀이하지 않는 것이 진정한 삶임을 이 아이는 알고 있는 것이다.

세월호 사건을 다루고 있는 이 시조에서 나는 다부지고 옹골찬 한 아이를 보게 된다. 어른들이 제대로 해결하지 못한 일에 대해 상황에 대해 제대로 인식하고자 이렇게 시조를 쓴다. 우리 어른들이 제대로 살아야겠다는 다짐을 하게 하는 시이다.

이 시조 작품평을 마무리할 즈음, 올해가 '한국문학 부활의 해'라는 소식이 신문의 한 면을 장식했다. 한국 시집 판매량이 전년 대비 505%가 늘었단다. 영화 〈동주〉의 개봉으로 윤동주 시인의 시집 복간 초판본이 관심을 끌면서 초판본 시집이 하나의 트렌드로 자리 잡았고 이것이 판매량을 늘리는 데 일조했다는 기사였다. 물론 기쁜 일이다. 하지만 수치화된 판매량을 보고 문학의 부활을 얘기할 것이 아니라, 우리 모두가 시를 사랑하고 문학을 즐기는 사회 분위기를 만들어 나가는 것으로 문학의 부활을 얘기할 수 있으면 좋겠다. 그런 면에서 우리 목동중학교 학생들이 만들어 낸『시조 치는 목동』은 문학의 부활을 얘기하는 데 가장 앞선 활동으로 평가하기에 충분한 것이다.

편집을 마치며

목동중학교 시조집 출판위원회

지도교사 정진화

젊은 고뇌와 순수한 생각에 깊이 빠져들다 최준열

처음에 시조 특강이라는 것을 하고, 시조 대회를 한다고 했을 때 별다른 생각이 없었다. 하지만 우리 조상들의 혼이 담긴, 여러 시조를 접해 보면서 관심을 가지게 되었고, 시조 대회에 참가하게 되어 상도 받아 정말 기뻤다. 시조 특강에 참여하지 못한 것이 무척 아쉬웠지만, 책임감을 가지고 우리가 지은 시조를 책으로 출판한다는 소식에 시조 출판위원이 되기로 결심하고 승우와 함께 대표가 되어 하나 둘씩 출판 과정을 거쳤다. 그 과정에서 다른 출판위원 친구들과 우정도 쌓고, 힘든 일도 있었지만 서로 힘을 합쳐 표지를 만들고, 시조를 선정하고, 부별로 나누고 많은 아이들의 시조를 읽으며 깊은 생각에 잠기고…… 정말 시조에 대해 한결

음 더 다가가고 친해질 수 있는 뜻깊은 시간이었던 것 같다.

　우리들의 노력으로 만들어낸 『시조 치는 목동』! 얼마나 많은 사람들이 이 시조집을 읽게 될지는 모르겠지만, 많은 사람들이 읽고 청소년들의 고뇌와 그 순수한 생각에 깊이 빠져들어 사색하는 시간을 가질 수 있으면 좋겠다.

내 손으로 만든 시조집을 만져보고 싶었다 박승우

　시조집 출판위원회를 하면서 가장 놀라웠던 것은 학생들의 시조 수준이었다. 평소 '귀천', '그날이 오면'과 같은 시들을 많이 접해 학생들의 시조에는 좋은 시조가 없을 것이라 예상했는데, 아름다운 표현으로 눈길을 끌었던 시조도 많았고 심오한 표현으로 관심을 끌었던 시조들도 있었다. 그러나 위원회를 진행하면서 어려웠던 일도 많았다. 처음에 30명 가까이 되는 학생들로 시작했던 시조집 출판위원회는 점점 나오는 인원이 줄더니, 나중에는 6~7명 남짓 되는 학생들만 남게 되었다. 상황이 이러자 나도 그만두려 하였으나 내 손으로 만든 시조집이 출판되는 것을 두 눈으로 보고 싶다고, 두 손으로 만져 보고 싶다고, 그렇게 생각했었다. 시험공부를 하면서 시조 출판위원회를 병행하는 것은 어려운 일이었으나, 그렇다고 해서 시조 출판위원회를 포기하고 싶진 않았기에 신념을 다했다. 다른 학생들도 이 시조집을 보고 시조에 흥미를 가지게 되어 실제로 한 수, 두 수 써 본다면 그보다 더한 기쁨은 없을 것이다.

우리 목동중학교를 새롭게 다시 보게 되다 김채은

처음에 우리 학교 시조집 출판위원을 한다고 했을 때 설레고 신이 났다. 하지만 이것도 잠깐 서로 알지도 못하는 어색한 사람들이 모여 같이 책을 출판한다는 것이 어렵게 느껴져 걱정이 되었다. 하지만, 끝까지 열심히 하는 학생들과 일을 하면서 점점 가까워졌고 일도 더욱 즐거웠다.

시조들을 보면서 공부만 잘하는 줄 알았던 목동중학교를 다시 보게 되었다. 각 시마다 담긴 생각과 내용들이 공감되고 각각의 진정성이 느껴지면서 서로 경쟁하는 학생들의 창작물이지만 내신으로 인해 고민해야 하는 학교가 생각나지 않았다. 어떻게 보면 부족할 수 있는 우리의 시조집이지만 독자들이 읽으면서 나와 같이 우리의 순수한 생각과 마음을 느꼈으면 좋겠다.

많이 닮은 듯 많이 다른 친구들의 마음과 생각들 정다빈

목동이들아~ 우리 같이 시조 한번 쳐 볼까?

시조는 독특한 매력이 있다. 시조를 가만히 읊어 보자면 시조만의 독특한 색깔과 분위기가 내게 여유와 낭만을 가져다 주는 듯하다. 하지만 유명한 몇 편의 시조만 접해 봤을 뿐, 난 시조를 잘 몰랐다. 친구의 권유로 시조 특강에 참가해서 시조에 대해 알아가고, 시조 대회에서 직접 써 보기도 하였다.

시조집 출판위원회를 통해 다른 친구들이 쓴 다양한 시조를 읽어 보았다. 생각지도 못한 기발한 표현들, 친구들의 고민과 걱정, 또 자신의 미래에 대한 기대와 고민들이 고스란히 녹아 있었다. 많이 닮은 듯 많이 다른 친구들의 마음과 생각을 나누며 나를, 또 우리를, 조금 더 이해하고 공감하는 시간이 되었다.

또 친구들과의 관계 발전에도 좋은 기회였고, 내가 조금 더 성장하고 발전하는 계기가 되었을 것이라고 생각한다.

다른 사람들의 글에서 내 모습을 보고 느꼈다 염승헌

시조집을 엮으면서 여러 학생들의 생각과 마음을 읽을 수 있어서 무엇보다 즐거운 경험이 되었다. 마음이 외로운 사람, 행복하고 즐거운 일들, 기억하고 싶은 사람들, 그리고 속상했던 일과 우리의 고민, 걱정들이 모두 담겨 있다. 다른 사람들의 글이었지만 내 모습같이 느껴지기도 했고 내 친구의 모습 같기도 해서 위안이 되었다. 시로 소통할 수 있는 좋은 기회였다.

뜻깊은 작업, 소중한 추억이 될 경험 김나은

지난 학기에 시조 특강을 듣고 시조 쓰기에 참가했었다. 그 후 출판위원회를 모집한다는 소식을 듣고 참여하게 되었다. 이 활동을 통해서 우리 학교 학생들의 작품이 책으로 엮여지는 것이 신기하고 재미있었다. 우리는 시조를 형식에 맞게 편집하고 목차를 짜는 등 책을 구성했다. 특별히 막바지 작업을 하면서 휴일에 나와야 했는데, 1학년뿐 아니라 시험 준비 중인 선배님들도 적극 참여하는 모습이 인상적이었다.

끝으로 일정이 힘들 텐데도 열심히 참여해 준 친구들과 선배님들, 그

리고 잘 이끌어 주신 선생님에게 감사한 마음이다. 어서 빨리 책을 받아
보고 싶다. 뜻깊은 작업에 참여하게 되어 소중한 추억이 될 것이다.

우리 스스로가 만들어낸 책이기에 더욱 뿌듯 차현비

　시조집 출판위원회에 들어가게 된 것은 정말 우연이었다. 처음에는
시조에 대해 문외한이고 접한 경험도 별로 없었기에, '내가 과연 이 작업
을 잘 할 수 있을까' 하는 두려움도 있었다. 하지만 책이 거의 다 완성되
고 마지막으로 출판사로 넘기는 작업만 남은 지금, 지난 두 달 간의 작업
과 그 과정을 돌이켜보면 정말 참여하기를 잘했다는 생각이 든다. 활동
을 하면서 모든 학년의 시조들을 읽었는데, 훌륭한 작품들이 너무 많아
서 부럽기도 하고, 내가 대회 때 쓴 시조가 많이 부족하다는 걸 느꼈다.
또 시조를 선정할 때에도 내가 올바른 심사 기준으로 작품을 선정했는지
걱정되어 똑같은 시조를 몇 번이나 반복해서 읽었는지 모른다.
　비록 부족한 실력이지만 모두 힘을 보태 목동중학교 최초의 시조집
『시조 치는 목동』이 완성되었다. 생소하고 어렵게 느껴지기만 했던 시조
가 이렇게 쉽고 재미있게 느껴지는 걸 보니, 제가 그새 시조와 많이 친해

졌나 보다. 무엇보다 선생님의 힘을 거의 빌리지 않고, 우리 스스로가 하나하나 계획하고 구상하여 만들어낸 책이기에 더 뿌듯했다. 앞으로도 『시조 치는 목동 2』,『시조 치는 목동 3』이 계속 나왔으면 좋겠다. 저처럼 우리 학교 학생들 모두가 시조의 매력에 흠뻑 빠지도록 말이다.

읽으면 읽을수록 더욱 깊은 느낌이 다가오는 작품들 문수현

다른 사람의 글을 읽고 여러 가지 다양한 생각을 하고 있다는 것을 알았다. 똑같은 제목이나 소재를 가지고도 서로 다른 표현으로 글을 써서 재미있게 읽을 수 있었다.

여러 시조들을 분류하면서 공통적으로 나타내고 있는 소재나 느낌이 무엇인지 알아보려고 노력했다. 여러 번 시조를 읽으면서 좀 더 깊은 느낌을 느낄 수 있었고, 다르게 표현하는 방법도 배운 것 같다. 무엇보다 함께 시조를 읽고 분류하면서 즐거웠던 시간들이 매우 보람 있었다.

아이들은 스스로 자란다!

정진화(지도교사)

"온 국민이 시조를 쓰면 우리나라가 얼마나 아름다운 나라가 될까?"
1996년부터 한겨레신문에 시조를 1년 남짓 연재하신 고춘식 선생님이
그런 꿈을 갖고 있다는 이야기를 어느 날 들었다. 아주 좋은 생각이라는
말씀을 드리면서 문득 우리 학교 학생들이 떠올랐다. 어디선가 씨가 뿌
려지고 민들레 홀씨처럼 번져나간다면 못 이룰 꿈이 아니라는 생각이 들
었다. 우리 음악, 글씨, 그림, 춤 등이 사라져가는 것을 늘 안타깝게 생각
해온 터라 우리 학교에서 우리 학생들과 한번 해보면 어떨까 싶었다.

그래서 시작한 5월의 시조 특강은 예상 밖으로 학생들의 참여가 뜨거
웠다. 그 자리에서 학생들은 즐겁게 시조를 몇 수씩 써내고, 고춘식 선생
님의 즉석 지도를 받으며 신나라했다. 시조쓰기 대회까지 마치고 자료집
으로 엮으려 하였더니 고춘식 선생님은 이왕이면 책으로 내 보는 게 어
떠냐고 툭 의견을 내놓으셨다. 마침 청소년문학을 꾸준히 출판해온 작은
숲출판사 강봉구 대표에게 의논했더니 "좋겠다"라고 흔쾌히 응답을 해주
었다. 그래서 5월에 시조 특강과 시조쓰기 대회로 끝날 뻔하던 작업은 12

월 말까지 이어져 순전히 학생들이 나서서 시조집을 출판하는 긴 여정이 되었다. 거기에 양천혁신교육지구 사업으로 학생들의 자치활동을 예산 지원하여 시조집은 순풍을 타고 달릴 수 있었다.

먼저 책으로 펴내는 과정을 온전히 학생들이 기획하고 운영하여 내도록 학생 출판위원을 모집하였다. 시조쓰기와 특강에 참여한 학생들 가운데 서른 명 가까이 모여 시작한 출판위원회는 일주일에 한두 번씩 두 달 넘게 학생회실에서 만나 의논을 거듭했다. 처음에 서로를 몰라 서먹하던 출판위원회는 시간이 지날수록 스스로 신이 나서 활발하게 의견을 나누며 제목을 정하고 5부로 갈래를 쳐서 시조들을 분류하고 표지와 컷에 대한 의견을 모으면서 시조집의 틀을 짰다. 과연 우리 아이들이 해낼 수 있을까.

가끔은 걱정이 들기도 하였지만 뒤로 갈수록 가속도가 붙은 아이들은 끝내 그 과정을 완주하였다. 아이들은 스스로 자란다! 어른들은 그저 놀마당을 열어주고 잘 가도록 응원하면 되는 것이다. 나중에는 3학년 학생들이 컷 그림에 참여하여 신명나게 막판 작업에 몰두하였다.

이 시조집이 나오기까지 도와주신 분들이 참으로 많았다. 학생들의 작품을 하나하나 꼼꼼히 살펴보며 시조평을 하나하나 써 주신 김경옥 선생님께 특별한 감사를 드린다. 그리고 시조 특강과 대회를 준비해 준 문선영 선생님, 표지와 시조의 컷을 도와주신 이정호 선생님, 시조 전체를 읽으며 소감을 말씀해 주신 조주희 선생님과 여러 선생님들께 감사드린다. '온 국민이 시조 쓰는 나라'를 꿈꾸는 고춘식 선생님이 안 계셨더라면 이 책은 나오지 못했을 것이다. 아이들의 시조를 정성껏 책으로 엮어 주신 강봉구 작은숲출판사 대표 덕분에 시조집으로 결실을 맺을 수 있었다. 즐겁게 이 새로운 제안을 받아들여 기꺼이 수고해 준 시조집 출판위원들과 시조를 쓰고 그린 목동중학교 학생 모두에게 마음깊이 고마운 인사를 전하고 싶다.

2016년을 보내며 특별한 선물을 서로 나눌 수 있어 기쁘기 한량없다.

"우리들이 해냈다!"